GABRIEL TRARIEUX

Nuit d'Avril

à Céos

PARIS — 1894

Nuit d'Avril à Céos

GABRIEL TRARIEUX

Nuit d'Avril

A Céos

PARIS

LIBRAIRIE DE L'ART INDÉPENDANT

11, RUE DE LA CHAUSSÉE-D'ANTIN, 11

1894

Tous droits réservés

A Jean BOISSONNAS

PERSONNAGES

ALCÉE — jeune noble de Céos.
DIOGÈNE }
PHAON   } Amis d'Alcée.
EUCRATE }
TIMANDRA — Fille du Grand Prêtre.
DÉMOCLÈS — Stoïcien, ami d'Alcée.
AGIS — Chef des Héliastes.
PHÉDIME -- Esclave.
LES HÉLIASTES — Au nombre de neuf.
VENTIDIUS de Smyrne — Devin.
UN MENDIANT

DÉCOR

Une vaste salle, haute et sévère. Lits d'ivoire dressés. Dans le
fond, à gauche, une large baie entre des colonnes, ouverte
sur un escalier de marbre, vers la Ville. — On voit quelques
demeures entre des jardins, la mer, s'arrondissant en calme
baie, des vaisseaux. — A l'horizon, la ligne des eaux, cou-
pée par un grand promontoire. — Des collines, expirant là,
montent d'un rythme grave vers l'intérieur du Pays.

Le drame se passe à Céos, autrefois.

Nuit d'Avril à Céos

SCÈNE 1

Fin du jour. Coucher de soleil sur la mer. — PHÉDIME,
puis VENTIDIUS.

PHÉDIME
(Il écoute un instant à la porte de droite,
et traverse la salle en parlant),

Ils chantent !... Eucrate leur dit des vers...
Comme toujours ! — Ils raisonnent sans cesse, et
ne voient jamais rien... C'est nous, les simples, qui
voyons... — La terre et le ciel sont pleins de présages, ces temps-ci... On parle de choses dans tout
le pays... Des vaisseaux sont rentrés jonchés d'oiseaux morts... On a vu, sur les collines, des feux

de pâtre luire la nuit comme des soleils... (Il s'arrête
au bord des marches). Les alcyons volent tout près de
l'eau... Ils ont peur... Ce nuage sur le temple, là-
bas, a l'air d'un grand vautour aux ailes fermées...
Ce soir n'est pas comme les autres... Je n'ai jamais
vu tant de présages... — Mais Alcée ne voit rien,
— ou ne veut rien voir... (Il s'assied sur la première
marche.)

VENTIDIUS
(Au bas des marches).

Suis-je ici dans la demeure d'Alcée ?

PHÉDIME

Chez lui-même.

VENTIDIUS

Dis-lui que je demande à le voir.

PHÉDIME

Qui es-tu, pour venir à cette heure où le soleil
baisse ?

VENTIDIUS

Un étranger.

PHÉDIME

Alcée prend le repas du soir, avec des hôtes...

VENTIDIUS

Il a plus d'intérêt à m'entendre. Porte-lui mon
message ; va !

(Sort Phédime. Il se retourne, et
contemple la mer. A mi-voix).

...Si cet homme a des yeux, c'est un cœur noble...
mais qui a des yeux ?...

(Entre Alcée).

ALCÉE

Qui me demande ?

VENTIDIUS

(Se retournant).

Moi.

ALCÉE

Sois le bienvenu sur mon seuil...

VENTIDIUS

Pourquoi dis-tu : « le bienvenu ? »

ALCÉE

N'est-ce pas l'usage ?...

VENTIDIUS

L'usage est un bâton d'aveugle. Tu ne sais pas ce
que j'apporte.

ALCÉE

Du nouveau...

VENTIDIUS

Peut-être. Qu'est-ce à dire ?

ALCÉE

Es-tu quelque sophiste ? Je n'aime guère les so-
phistes... Quel est ton nom ?...

> (Il s'assied indolemment sur un des lits dressés).

VENTIDIUS

Ventidius, de Smyrne.

ALCÉE

Le devin ?...

VENTIDIUS

Oui...

ALCÉE

On dit sur toi des choses merveilleuses...

VENTIDIUS

C'est possible.

ALCÉE

Tu arrives de loin ?...

VENTIDIUS

De très loin...

ALCÉE

Ne regrettes-tu pas, par les routes, le banc du logis, et ton figuier ?

VENTIDIUS

Non. Mon destin m'agrée. Je suis chez moi partout.

ALCÉE

Mais pourquoi te donner tant de peines ?...

VENTIDIUS

Pour mon plaisir...

ALCÉE

Veux-tu me montrer ton savoir ?

VENTIDIUS

Je le veux, si tu le veux.

ALCÉE

Dis-moi ce que tu penses de moi ?

VENTIDIUS

Je ne dis pas cela aux gens masqués.

ALCÉE

J'ai mon visage de tous les jours...

VENTIDIUS

Pas celui de ton cœur.

ALCÉE

Quand ai-je celui de mon cœur ?

VENTIDIUS

Jamais. Ou bien avec ton ombre.

ALCÉE

Tu parles comme une sybille... Quel masque
portè-je ?

VENTIDIUS

Celui d'un homme heureux.

ALCÉE

Tu ne sais pas à qui tu parles.

VENTIDIUS

Si je l'ignore, dis-le moi.

ALCÉE

Je suis le premier de Céos... le premier par
l'opulence, et par la noblesse... Il ne sied pas à
ceux qui m'envient d'épier mon front... Je sacrifie
aux dieux justes des colombes et des chevraux

blancs pour qu'ils maintiennent ma fortune... Je
veux être laissé en paix.

VENTIDIUS

Je ne suis pas de Céos, et je répondais à ta demande.

ALCÉE

Tu me répondais au hasard...

VENTIDIUS

Tu n'es pas un homme heureux.

ALCÉE

(le regarde, puis fait un geste de dédain).

Mes amis en savent aussi long... Ils connaissent
tout cela... Je ne suis pas heureux !... Je suis las
de toutes choses, avant que d'y toucher !... Ma vie
est pure et vide comme l'horrible azur... Celle des
autres est un banquet de malades !... Rien ne vaut
un effort !

VENTIDIUS

Tu ne parles pas selon ton âme.

ALCÉE

(Se levant).

Tu ne peux pas y lire mieux que moi !... Crois-

2

tu que je me donne la peine de feindre ? Si j'avais
quelque désir, qui m'empêcherait d'y complaire ?

VENTIDIUS

Personne, sinon toi-même.

ALCÉE

Je ne veux pas de conseils ! Ce n'est pas ton of-
fice... Parle-moi plutôt de l'avenir... Oui, de l'avenir... (Un silence.) Eh bien ?...

VENTIDIUS

J'ai pitié de toi.

ALCÉE

Je ne veux pas qu'on me plaigne !... Est-ce un
avis néfaste ? Parle... Tu verras de quel prix me
sont les choses...

VENTIDIUS

Insensé ! Tes paroles sont vaines, mais ton air
les dément. Tu vaux mieux que ton rôle.

ALCÉE

Trêve aux satires. Je ne suis pas d'humeur à
t'entendre. Je te dis que les jours me sont tous
des coussins fiévreux... Je te dis que tu m'annon-

cerais sans m'émouvoir la mort des étoiles, et mes biens perdus... Je défie la fortune de m'intéresser, même à moi !... Parle donc !... Je te dis de parler !...

VENTIDIUS

Ce ne sera, je le vois bien, que pour ton malheur... Je regrette d'être entré ici, j'ai pitié de toi... Laisse-moi partir...

(Il fait un pas vers le seuil. Alcée l'arrête).

ALCÉE

Tu ne peux pas partir !...

VENTIDIUS

Regarde... le soleil est coupé par la mer... Dans une minute, il va s'éteindre... Ce sera la nuit... Prends garde que tu ne veuilles le rappeler, alors... Il sera bien loin sous les eaux !

ALCÉE

Je te dis de parler !

VENTIDIUS

Tu vas connaître si tu es un homme. Sache qu'avant un an, tu dois mourir.

ALCÉE

Mourir......

VENTIDIUS

Les présages en sont trop sûrs ! Tu ne fuiras pas les dieux.

ALCÉE

Je n'ai pas... commis de crime... Quel est mon crime ?

VENTIDIUS

Tu comprendras plus tard... bientôt, peut-être.

ALCÉE

Je mourrai... comme un condamné ?... isolé ?.. sans que rien arrive ?...

VENTIDIUS

Tu mourras comme tous les hommes, pour le bien ou le mal des autres vies...

ALCÉE

Y a-t-il... un jour fixé ?

VENTIDIUS

Non... mais de tes vaisseaux qui mettent à la voile, tu n'en dois pas voir revenir.

ALCÉE

Avant l'automne, alors ?

(Ventidius fait un signe d'assentiment. Un silence).

ALCÉE

(Avec un geste d'adieu,)

C'est bien,... merci.

VENTIDIUS

Tu n'as rien d'autre à dire ?

ALCÉE

Mais non.., Ah ! si !... Tu veux ?...

VENTIDIUS

Mon salaire ? Oui, mais garde tes drachmes.

ALCÉE

Comment dois-je donc te payer ?

VENTIDIUS

D'une parole sincère.

ALCÉE

D'où te vient cette force étrange dans la voix ?..,

VENTIDIUS

J'ai vu beaucoup d'hommes...

ALCÉE

Je veux t'obéir... Ecoute... Avant ta venue, mon âme était un désert sans échos... Il me semble à présent y entendre comme de longs appels de buccins...

VENTIDIUS

C'est bien cela...

ALCÉE

N'y a-t il... nul remède ?... Si je fuyais avec mes vaisseaux,... là-bas,... après la mer ?...

VENTIDIUS

Partir... toujours !... Pourquoi partir ?... C'est la même chose partout. L'univers tient dans une vie comme le ciel dans une goutte d'eau. Toutes choses arrivent à chacun.

ALCÉE

Apprendrai-je du moins, avant la mort, le secret de ma peine, et qui je suis ?

VENTIDIUS

Je n'en sais rien. Les dieux le savent. Puissent-ils t'assister !... Adieu, Alcée !

(Il sort).

ALCÉE

(Il reste un moment immobile, vers le dehors).

Le soleil est mort... Le soleil est mort !

SCÈNE II

ALCÉE, puis EUCRATE, PHAON, DIOGÈNE

ALCÉE

(Ouvrant la porte qui donne sur l'autre salle).

Entrez, amis. Les lits sont dressés. Nous pourrons causer dans cette salle, à l'air fraîchissant. C'est une belle nuit...

(Ils entrent et s'assoient sur les lits, sauf Eucrate).

EUCRATE

C'est une belle nuit... Le jour est mort, tel qu'Adonis, parmi les roses. Cette Nuit est sa grande sœur plus pâle. Elle a l'air d'une Aube voilée. Elle marche sur les eaux lointaines comme une Femme qui craint les yeux.

PHAON

On dirait que la ville est vide... On n'entend que le chant des matelots, dans le port...

(Un silence).

DIOGÈNE

Ils partent, ces jours-ci.

EUCRATE

Comme la lune est rouge, sur les coteaux !...
La mer luit... Je vois tout le long de la baie la ligne blanche de l'eau sur les sables.

PHAON

C'est un soir comme bien des soirs.

DIOGÈNE

Un beau soir étonne toujours...

EUCRATE

Ce printemps sera chaud. Les amandiers sont
tous blancs. On devine la douceur naissante à la
voix des oiseaux... J'ai senti, dans l'odeur des
foins verts, mon passé d'enfant.

DIOGÈNE

Ce printemps sera triste comme les printemps...

EUCRATE

(Il s'assied sur un lit).

Qui a vu l'aube, ce matin ?

PHAON

Moi. Les rues blanchissaient à peine quand nous sommes sortis de chez Xantippe...

EUCRATE

Il y avait une fête hier, chez Xantippe ?

PHAON

Oui... Nous nous jetions au visage nos fleurs tressées...

EUCRATE

Je n'aime plus les fêtes.

PHAON

Les joueuses de flûte ont des corps légers...

EUCRATE

Le souvenir n'en garde que des visages morts au fond d'eaux troubles...

PHAON

J'ai dormi tout le jour. A mon réveil, l'Occident

brûlait... Les Passants avaient, sur les places, de longues ombres derrière eux...

EUCRATE

Je suis allé ce matin sur la route d'Ithylène ; la grandeur de la mer fait du bien. Les foules me pousseraient au désert... Comme elles ont de l'ardeur à vivre !

PHAON

Oui, les Villes sont des bacchantes.

EUCRATE

Sur le port, les vaisseaux légers gonflaient leurs voiles claires... Mais l'ancre les tenait, solidement !

DIOGÈNE

Nous sommes à l'ancre pour la vie...

PHAON

La succession des jours et des nuits est une chose singulière. C'est beaucoup de prodiges sur ce petit monde. On dirait toujours qu'ils annoncent quelque chose. Mais rien n'arrive.

EUCRATE

L'espérance est un mal aimé; le regret aussi. C'est un art de savoir souffrir.

DIOGÈNE

Il y a trop longtemps qu'on espère...

EUCRATE

Avez-vous ouï parler des signes ?... Il paraît qu'ils menacent...

PHAON

Que ceux du peuple s'en occupent !... Nous n'attendons rien...

EUCRATE

Gardons nos vêtements de fête. Ne noussouillons pas les cheveux...

DIOGÈNE

Les belles phrases ne consolent pas toujours. Les dieux n'aiment guère qu'on joue.

EUCRATE

Peut-être !... — Les Pasteurs, leurs roseaux aux lèvres dans les grands prés calmes, n'ont cure de ces choses, et sont heureux !

DIOGÈNE

Ils s'occupent de leurs chevraux à vendre, et de la tonte des brebis.

PHAON

C'est trop nous demander que d'être calmes.

EUCRATE

Où est le temps où nous marchions avec Sophron près des ombres de roses, sous le lourd ciel bleu ?... Il nous faisait croire au bonheur...

PHAON

Oui, la vie s'ouvrait comme un stade !

EUCRATE

Ah !... les gestes d'extase sont loin !...

DIOGÈNE

Sophron nous a fait le monde plus rude. La vie est un mal. Nous ne sommes pas faits pour la vie. Voyez Démoclès...

PHAON

Celui-là, cependant, était un brave...

EUCRATE

Oui...

DIOGÈNE

C'est pour cela qu'il s'est tué... — Je le gage-
rais, au moins... Nous sommes sans nouvelles depuis cinq ans !

PHAON

Notre mal est d'avoir grandi là, parmi les corps
lassés, les jardins, les livres !

> (L'Ombre d'une femme monte, inaperçue, les
> marches, et s'arrête derrière une colonne).

EUCRATE

Quels beaux pays nous n'irons pas voir !... Le
cœur ment-il ?... Il me semble qu'au temps d'Ho-
mère on devait vivre heureux.

DIOGÈNE

Nous vivons aujourd'hui, et nous souffrons. Le
mal est partout, dans la couleur du ciel, l'horizon
de la mer, le regard des prunelles, dans tout ce
qui attire et ne satisfait pas.

PHAON

S'il y avait un remède !...

DIOGÈNE

S'il y avait un remède, nous ne nous lèverions pas pour le chercher.

EUCRATE

Pourquoi sommes-nous ceux-là ?

DIOGÈNE

Voudrais-tu être un traficant aux longues robes, un homme public avec sa sébile, un portefaix ?...

PHAON

Il n'y a rien à faire...

DIOGÈNE

Vivons le moins possible, et taisons-nous, pour qu'au moins on ne nous voie pas.

EUCRATE

Il vaudrait presque autant mourir.

DIOGÈNE

Cela finira toujours ainsi.

PHAON

Pourquoi ne peut-on pas mourir sans la permission des Héliastes ?

DIOGÈNE

La bienséance le veut. Libre à nous d'insulter la
vie, mais gardons-nous de faire éclat.

EUCRATE

Gardons-nous de trahir notre âme...

DIOGÈNE

N'ajoutons pas non plus trop d'importance à
tout cela. Dans quelques jours, demain peut-être,
nous serons tranquilles.

EUCRATE

Les dieux nous préservent de vieillir !...

PHAON

Je bois au premier de nous tous qui quittera la
vie.

(Eucrate et Diogène tendent leur coupe.
Alcée se lève).

EUCRATE

Eh bien, et toi, notre hôte ?

ALCÉE

Je n'ai pas soif.

EUCRATE

Lève au moins ta coupe avec nous...

ALCÉE

Je ne boirai pas! Je ne lèverai pas ma coupe!
Je n'insulterai pas les dieux!

PHAON

Les dieux !... Ils nous ont mis sur terre pour
désennuyer leur bonheur par nos soucis !...

ALCÉE

Je ne veux pas blasphémer !

DIOGÈNE

Tu n'as pas toujours parlé ainsi...

ALCÉE

Oui... oui... Je vois maintenant... je comprends
maintenant... ce que j'étais !... — Un enfant... un
enfant captif... couché là, sous des robes trop
lourdes !... Un cygne à l'agonie... dans un bassin
sans eau !... Un arbre au tronc vide... où le vent
passait... sans feuilles et sans fruits !... — J'ai
honte de moi !... Je ne veux plus !... Je suis un
autre !...

EUCRATE

Notre ami déraisonne...

DIOGÈNE

Qu'il se fasse tailleur de marbre !

PHAON

Artisan !... Matelot !...

ALCÉE

Je ne sais pas... je ne sais pas encore... Mais
j'aimerais mieux... oui !... conduire des pour-
ceaux... que vivre là comme vous... oisif... im-
pie... paralytique !..

(Ils se lèvent. Un silence. Alcée, avec effort, reprend.

Mes amis... si je vous ai fait peine... que chacun
de vous me pardonne... — Je n'ai pas de reproches
à vous faire... seulement à moi... — Le soleil de
ce jour sur les murs m'a blessé... — Je vous prie
de me laisser seul... Excusez-moi !

(Ils le saluent du geste, et sortent).

PHAON

(aux deux autres).

Je vous l'avais dit souvent .. c'est un ambi-

3

tieux !... (à voix basse avec un geste de surprise). Timan
dra !...

EUCRATE ET DIOGÈNE

(de même).

C est Elle !...

(Ils s'inclinent profondément, et s'éloi-
gnent. Alcée marche à grands pas, très
agité).

SCENE III

ALCEE, TIMANDRA

ALCÉE

(Apercevant Timandra debout dans l'ombre de la colonne).

Timandra !...

TIMANDRA

Oui, c'est moi...

ALCÉE

O Bien-Aimée de Céos... vierge fille des prêtres,... toi qui marches parmi les hommes comme
un rayon blanc,... comment es-tu venue vers
moi ?... Mon seuil n'est donc pas maudit ?..,

TIMANDRA

J'obéis aux dieux... Depuis longtemps je devais
venir, un soir.

ALCÉE

Tu nous entendais ?...

TIMANDRA

Oui...

ALCÉE

Toi aussi, pardonne... J'aurais dû rester calme...
Je n'ai pas su... Ils étaient tous là comme inno-
cents, — et si lâches !... Je croyais les entendre
pour la première fois...

TIMANDRA

Je ne regrette rien, et ne t'accuse pas...

ALCÉE

Je m'accuse !... nous être abandonnés ainsi !...
Et toi, tu restais immobile, silencieuse comme
Athéné... Je comprends trop bien ton silence... —
Ne me juge pas... Mon âme a dormi si longtemps,
et ma bouche parlait sans savoir... Je ne suis pas
pareil à mon image... J'en entrevois une, quelquefois, qui serait très belle... M'entends-tu ?...

TIMANDRA

Je t'aime...

ALCÉE

(faisant un pas de recul.)

Qu'as-tu dit ?... Il me semble que la nuit a trem-
blé !... J'ai entendu dans le vent nocturne le chant
d'un dieu... Qu'as-tu dit ?... Oh ! qu'as-tu dit ?...

TIMANDRA

Je t'aime !

ALCÉE

Oh !... qui es-tu ?... qui es-tu ?... qui suis-je ?...
Est-ce que tout n'est pas un rêve ?... Mon sang bat
dans mon cœur comme un torrent d'Avril !... Des
mers inconnues rayonnent en moi, où dérivent,
ainsi que des glaces, tous les vieux chagrins... Je
vois des éclairs à l'horizon... Ma tête est lourde...
de toutes les fleurs du printemps !... Tu m'aimes !...
Quand m'as-tu aimé ?...

TIMANDRA

Autrefois...

ALCÉE

Oui... oui... je me souviens !... nous avons couru

sous les sycomores... nous avons cueilli les grands myrtes... quand nous étions enfants !... Comme tu étais belle, quand tu étais enfant !... On savait... on savait déja... que tu ferais souffrir, et pleurer d'amour !... — Oh !... je revois sur tes cheveux les anciens soleils... que nous regardions disparaître, au lointain des routes !... — Nous avons couru sur les sables... La même vague a couvert, souvent, la trace de nos pieds...... — Pourquoi ne me l'as-tu pas dit, avant ?...

TIMANDRA

Je ne le savais pas, avant...

ALCÉE

Je ne savais pas non plus !... Je ne t'avais jamais regardée avant ce jour... Oui... oui... oui !... Je te reconnais maintenant... C'est ta figure d'autrefois... Et pourtant tu as l'air d'une Etrangère... Qu'est-ce que tu as donc pensé depuis jadis ?...... Ah ! je t'aime !... Comme je t'aime !...

(Un silence).

Mais non ! Je ne te reconnais pas !... Tu n'es plus celle de tout à l'heure... Tu n'es pas la même, pendant que je parle... Tu es plus belle... plus belle, d'instants en instants !... — Jamais je ne t'ai vue si grande !... Comme tu es grande !... Comme tu es grande !... Tes cheveux tombent sur tes épaules, comme l'ombre du soir sur les coteaux !... Ton visage est pâle comme le souvenir !... Tu as l'air de la Nuit !... — Ton silence m'effraie... Parle-moi !...

TIMANDRA

Comme le jour au front blanc, lorsqu'il sort des eaux, ton visage m'éclaire, mon Bien-Aimé !...

ALCÉE

Tes yeux !... Laisse-moi voir tes yeux...

> (Il l'attire au bord des marches, à la clarté lunaire).

Là... là... tout grands ouverts !... Je vois !... J'y vois le ciel !... J'y vois la mer sacrée... et des grottes de nacre, où dorment les Sirènes !... Tes yeux... ils viennent à ma rencontre comme s'ils n'avaient vu rien de vil... Oh ! ils prennent mon cœur comme avec des mains !...

> (Un silence).

C'était donc toi !... C'était donc toi !... Tu m'as bercé sur tes genoux... Tes seins ont rassasié

mes lèvres... et je t'ai appelée ma mère !... Pourquoi m'as-tu laissé si longtemps seul ?... Je te demandais aux forêts... Je te demandais aux montagnes... Maintenant, je reviens à toi... — Laisse-
moi te parler !... Je n'ai jamais parlé à personne...
nous vivons tous si inconnus !... Je n'ai pas écouté,
sur les routes, l'appel des Folles... Je n'ai pas
suivi sur les mers les vaisseaux fleuris... Je reviens
à toi sans présents et sans mimes,... fort de mon
simple cœur, sous mon lin blanc... Mon cœur !...
Il ne mentait donc pas, dans ces journées grises !...
Je savais bien qu'un jour je deviendrais un dieu...
Je suis plus qu'un dieu !... Qu'ai-je besoin de leur
grand ciel ?... La terre, oui, la terre suffit !... —
Mais c'est trop... trop de mots... qu'importe ?... Je
t'aime... je t'aime, voilà tout... J'ai donc une jeunesse, comme les autres !... Je pourrais chanter de
porte en porte,... rire à mon tour comme un Enfant !... Oh ! nos corps tous les deux ici, sous les
étoiles lointaines, enlacés !... Taisons-nous !... Ne
fais plus un geste !... Restons !... Restons...

(Un silence).

TIMANDRA

Ah !...

ALCÉE

Qu'as-tu ?..

TIMANDRA

J'ai entendu quelqu'un gémir dans la nuit...

ALCÉE

C'est le vent, sur les sables...

TIMANDRA

C'était une voix...

ALCÉE

Ce sont les ramiers, dans le temple...

TIMANDRA

Les ramiers ?...

ALCÉE

Ils chantent, la nuit...

TIMANDRA

Qui tressaille ainsi, dans la nuit ?...

ALCÉE

C'est la mer... Elle tremble à peine... Vois,
comme elle rayonne au loin... On la dirait en or

terni... On dirait qu'on célèbre dans l'air une fête
invisible... les noces de la Terre et du Printemps !...

TIMANDRA
(à mi-voix).

Et du Printemps...

ALCÉE

Là-bas, à des lieues sur les côtes, j'ai une villa...
Les dunes l'enferment, au loin jaunissantes sous
leurs pins sombres... On n'entend que le cri des
pétrels dans les genêts et sur les rocs... Nous irons,
loin de tous ces yeux... Nous marcherons seuls
dans les soirs en nous sentant rois ! ... Le voudras-
tu ?

TIMANDRA

Je le voudrai...

ALCÉE

Tu as... quelque chose à me dire ?...

TIMANDRA

Oui.. N'oublie jamais tes paroles,... tes paroles
de tout à l'heure : « J'entrevois quelquefois une
image qui serait très belle... » Elles m'ont fait
t'aimer...

ALCÉE

Non... non... je serai tout selon ton rêve... je
me sens plus fort que la vie !... Ne puis-je pas dis-
poser du monde ?... Je ferai ce que veulent tes
yeux !...

TIMANDRA

L'augure m'a prédit que j'épouserais le premier
de la Ville par la noblesse et la vertu...

ALCÉE

(dégageant son étreinte.)

L'augure ?... Quel augure ?...

TIMANDRA

Ventidius, de Smyrne.

ALCÉE

Ah !... dieux !... dieux !... dieux !...

TIMANDRA

Qu'as-tu ?... Tes lèvres ont blanchi... Tes yeux
me font peur... parle !...

ALCÉE

Les Vierges ne chanteront pas l'hyménée !...

Nous ne cueillerons plus les myrtes !... Hélas !
verrai-je, seulement, les meules jaunes de l'été ?...

TIMANDRA

Que dis-tu ?... Je ne comprends pas... Reviens à
toi !...

ALCÉE

Ah ! dieux !... dieux !... pitié !... pas encore !...
Je ne voudrais pas mourir au Printemps !...

TIMANDRA

Tu ne mourras pas !... Je ne veux pas que tu
meures !... Quel songe t'égare ?... Vois, c'est
moi !...

ALCÉE

Ah ! oui,... c'est toi... Tu as raison, un songe
m'égare... Ce mal, dont je leur ai parlé, revient...
Mais la fatigue a brisé mes membres... Je voudrais
reposer un peu... Il faut nous quitter...

TIMANDRA

Je ne sais pas si je dois partir...

ALCÉE

Il faut que tu partes... Ce n'était qu'un songe...
Regarde, je suis mieux déjà... Les Héliastes vien-
dront à l'aube... Il faut que tu partes...

TIMANDRA

Adieu...

ALCÉE

Adieu !... — Ah !... (Il l'arrête). Redis-moi... Tu
sais bien... ce que tu m'as dit...

TIMANDRA

Pour la vie et la mort, je t'aime.

ALCÉE

Ah !... la vie et la mort !... Va-t'en !... Va-
t'en !... Va-t'en !... (Un silence.) Je t'en supplie, va-
t'en...

(Timandra descend lentement les
marches, se retourne et disparait).

ALCÉE

(Les mains tendues vers elle).

Adieu !... adieu !... — (Il la suit un instant des yeux,
sans parler). Elle s'en va... Elle va vers la mer...

Oh !... son ombre dans la nuit claire... ses pas,... irréparables comme des jours perdus !... C'est mon âme... mon âme en deuil... qui s'en va... qui s'en va si pâle... Elle n'est plus !... — Malheur ! Malheur ! Malheur sur moi !... Je suis seul !... Je suis seul au monde !... comme un prisonnier qu'on oublie, dans un caveau !... La nuit m'étouffe... l'air me manque... je vais mourir... ! — Ah ! quitter la terre animée !... descendre dans l'Hadès... froid, muet, sans couleur... où les fleurs n'ont pas de parfums... les arbres, pas d'oiseaux... les formes, pas de corps !... Dieux ! je n'ai pas assez vécu !... j'ai besoin de voir des visages... et le soleil sur les montagnes... C'est trop tôt... trop tôt !... — Pourquoi... pourquoi ce ciel,... cette mer,... ces coteaux... si calmes ?... et moi ici, comme un étranger?... Pourquoi dorment-ils tous, dans le port, dans la ville ?... Ils mourront ! ils mourront, aussi !... Pourquoi ne se lèvent-ils pas... et ne tombent-ils pas dans les rues... à genoux, les mains vers le ciel ?... — Je m'égare... Mon sang brûle, et bat trop fort... Ha !... Ha !... je suis en vie, pourtant !... mes membres m'obéissent toujours... je suis jeune, énergique, et beau... Je peux vivre encore, avant

de mourir, — être heureux, aimer !... — Aimer !...
Prendre le cœur d'une autre... et l'emporter comme
un larron !... Léguer à quelqu'un ma folie... à
quelqu'un... mon fils !... Je ne peux pas !... je ne
veux pas !... je sais que je ne le ferai pas !... —
Que faire ?... Je ne peux pas non plus mourir
ainsi !... Je ne peux pas mourir tout entier !... Je
voudrais crier jusqu'au bout du monde... chanter,
à faire pleurer les âmes... pétrir dans la pierre un
dieu !... Que faire ?... jeter l'or sur les places ?...
vivre dans un tonneau, comme le Cynique ?... bâ-
tir un temple ?... Ah ! brûler, oui, brûler la Ville,
pour illuminer l'Univers, et qu'on se souvienne de
moi !... — Je ne peux rien... je n'ai pas le temps...
je suis comme un crucifié sur une falaise, en face
du soleil !... Je mourrai comme un porc !... Les
dieux m'ont maudit !... Malheur sur moi !...

> Il s'affaisse, accablé, sur un lit, la
> tête dans ses mains.)

SCÈNE IV

ALCÉE. DÉMOCLÈS

DÉMOCLÈS

(Touchant l'épaule d'Alcée.)

Bonsoir, Alcée. *(Alcée le regarde. Un silence.)* Tu ne me reconnais pas ?.. Je te reconnais, moi... Oui, tu es bien le même, l'éphèbe aux lèvres tendres, et aux gestes doux... Je suis Démoclès.

ALCÉE

Démoclès !... mon ami... le disciple aimé de Sophron !... — Comme tu es changé !...

DÉMOCLÈS

Chaque jour nous laisse au visage un signe leger. Je ne t'importune pas ?

ALCÉE

Non... Oh ! non !... les dieux t'amènent... Assieds-toi... Qu'es-tu devenu ?...

DÉMOCLÈS

(S'asseyant.)

J'ai changé, comme tu l'as dit... Mais je viens pour u ne requête...

ALCÉE

Une requête ?...

DÉMOCLÈS

C'est ici que les Héliastes se rassemblent, demain ?

ALCÉE

Oui...

DÉMOCLÈS

La République envoie aux flottes grecques dix vaisseaux contre l'Orient... On dit que leur chef n'est pas choisi encore... Je l'ai su, par hasard...

ALCÉE

C'est vrai...

DÉMOCLÈS

Je voudrais être choisi.

ALCÉE

Tu ne sais donc pas ?... C'est la mort certaine...

Les flottes grecques sont une poignée...

DÉMOCLÈS

Je sais cela.

ALCÉE

Quel étrange désir ?...

DÉMOCLÈS

Plusieurs des tiens m'ont promis leur voix...
Veux-tu m'appuyer au conseil ?

ALCÉE

A ton gré !... — Maintenant, dis-moi...

DÉMOCLÈS

Mon histoire ?... Je te répondrai...

ALCÉE

Où as-tu disparu, à la mort de Sophron ?

DÉMOCLÈS

A la mort... Tu remontes loin... Il y a cinq ans...

ALCÉE

Déjà cinq ans ! ..

DÉMOCLÈS

J'ai quitté la ville, et j'ai fui. — On ne devient

un homme que loin des hommes... — J'étais las
de faire ce que font les autres, sans savoir pourquoi.

ALCÉE

Où as-tu vécu ?

DÉMOCLÈS

Au désert, — seul sur la bonne terre et sous le
grand ciel... Je me chauffais aux feux des pâtres,
quelquefois.

ALCÉE

Que pouvais-tu faire, au désert ?...

DÉMOCLÈS

J'ai regardé les soirs suivre les matins, et les
nuits brûlantes d'étoiles. J'ai regardé l'hiver écla-
ter en printemps, et l'été défaillant devenir l'automne. La paix des horizons a rempli mon âme.
J'ai vécu heureux !...

ALCÉE

Pourquoi donc es-tu revenu ?...

DÉMOCLÈS

Poussé vers les hommes par le même pouvoir

qui m'avait fait les fuir... Je suis revenu depuis trois
ans...

ALCÉE

Depuis trois ans !... — Je n'en ai rien su !

DÉMOCLÈS

Tu risquais peu de le savoir. J'ai passé, en voya-
ges, vingt mois, — le temps de me convaincre bien
que je cherchais dehors ce qu'on trouve chez soi.
J'ai appris, au moins, ce que peut sur les choses,
partout, celui qui veut. — De retour, je n'ai guère
quitté les seuils bas des faubourgs. Tes sandales
sont trop blanches pour ces quartiers...

ALCÉE

Tu es resté un an parmi ceux du peuple ?...

DÉMOCLÈS

Un an !... et plût au ciel que ce fût davantage !
Je saurais plus de choses, et j'en vaudrais mieux !

ALCÉE

Tu veux repartir, cependant ?...

DÉMOCLÈS

Oui. Maintenant, il le faut.

ALCÉE

Qui t'y oblige ?

DÉMOCLÈS

Je n'ai plus rien à faire ici... Je ne suis pas riche.

ALCÉE

Que ferais-tu si tu étais riche ?

DÉMOCLÈS

(Se levant).

Tu le demandes ?... Je pourrais porter le rameau à ceux qui vous envient et vous haïssent... Je ferais qu'ils m'accueillent pour maître, et viennent à moi... Peut-être j'éviterais à la Ville...

ALCÉE

Parle !...

DÉMOCLÈS

Le malheur qui vient...

ALCÉE

Le malheur qui vient ?...

DÉMOCLÈS

(S'arrêtant, le regarde.)

(A part.) C'est donc bien vrai !... pas même en songe !... A quoi bon parler ?... (Marchant à grands pas.)

Oh ! vous avez vos mercenaires, et vous ne serez
pas vaincus d'un coup... — Le jour viendra pourtant, si rien ne change... On peut bien le prédire,
à présent... Il est trop tard ! — Le peuple est plus
puissant que vos bras payés... — Alors ils se mon-
treront à vous, ceux que vous ne daignez pas regarder ! Leurs pieds nus tacheront vos dalles de
marbre... leurs mains rudes briseront vos ampho-
res... ils pilleront vos chambres nuptiales... ils
prendront vos épouses pour leurs grabats... ils
vous chasseront de la Ville !... — Et vous irez
fuyards le long de la mer, en lamentant de plain-
tes vaines les soirs pourprés de vos loisirs !... — Il
est déja trop tard ! trop tard !... (s'arrêtant de nouveau). Mais toi, ris donc de ces folies ! Ne me crois-
tu pas insensé ? (Ils se regardent.).

ALCÉE

(Debout, fait le geste violent de chasser une pensée.)

Ne raille pas... ne raille pas... — Ah !... lâcheté !

DÉMOCLÈS

Oui, lâcheté, lâcheté... de vivre en aveugle

parmi les choses, sans jamais regarder en face un visage d'homme!... lâcheté, de se plaindre sans connaître la douleur... d'espérer, sans étendre la main... de ne pas se battre, ou mourir!... — Et dire que je fus de ceux-là !...

ALCÉE

Mais toi... toi qui connais ces choses,... tu ne dois pas déserter !...

DÉMOCLÈS

Je te l'ai dit déjà, je ne peux rien... — Que me mettre à la tête du peuple,... et je ne veux pas non plus des mains sanglantes...

ALCÉE

Que vas-tu faire, avec la flotte ?

DÉMOCLÈS

Mourir, si je peux, pour permettre à d'autres de vivre, et au génie natal de porter ses fruits... Quand la vie n'est plus bonne à rien, il faut que du moins la mort serve...

ALCÉE

Tu n'as donc rien qui te retienne ?...

DÉMOCLÈS

Crois-tu que l'héroïsme est un don gratuit?.

ALCÉE

Mais... ton nom?... Tu resteras sans gloire... Nul ne se souviendra de toi...

DÉMOCLÈS

Tu ne comprends pas... Tu ne comprends pas. Ce n'est pas le bruit qui importe... Quel étang n'a vite oublié les pierres qu'on lui jette?... L'homme juste se contente d'avoir été.

ALCÉE

Et... si ta mort ne profite pas?...

DÉMOCLÈS

J'aurai pris le parti le plus noble; le reste ne me concerne pas... Notre cause tombe?... Peut-être!... Ah! couvrons de nos cœurs, Ami, les causes qui tombent!...

ALCÉE

Je le veux!... Je le veux, aussi!... — Mais que sert, maintenant, de vouloir?... Je serais funeste à la flotte... Là même, je ne peux pas servir... Honte à moi !... Honte à moi !... — Les dieux doivent sourire, pourtant, à de tels sacrifices...

DÉMOCLÈS

Je ne crois pas aux dieux.

ALCÉE

Tu ne crois pas aux dieux... A qui donc crois-tu ?...

DÉMOCLÈS

Je crois à l'Esprit tout puissant qui baigne le monde, épars et palpitant dans l'air rose des jours et l'air bleu des nuits ! C'est lui qui promène le soleil dans un cercle de feu... C'est lui qui fait s'ouvrir, au soir, les yeux des astres... C'est lui qui fait jaillir du sein brun de la terre les verdures, les moissons, les fruits... C'est lui qui s'annonce au beau front des éphèbes et des vierges, et qui brille dans l'œil des vieillards immobiles... C'est par lui que nous sommes nés, et nous retournons tous à lui, comme la vague où rit l'écume, tremblante, un instant se soulève, et retombe avec joie dans l'éternelle mer !

ALCÉE

Ces pensées... On dirait qu'elles me reviennent,

parées d'étrangères splendeurs... — Misérables que nous étions!... Nous ne savions plus y songer!

DÉMOCLÈS

Misérables, oui, certes... et coupables aussi!

ALCÉE

Oui... oui!... — Mais je l'étais moins qu'eux... Je souffrais, au moins!...

DÉMOCLÈS

Tu l'étais plus qu'eux tous ensemble, toi qui étais né plus grand qu'eux...

ALCÉE

Ah! je suis frappé sans mesure!... Tu ne peux pas tout savoir...

DÉMOCLÈS

Tu es frappé pour tous les autres... Il y a des temps qui le veulent ainsi...

ALCÉE

Tes paroles me brûlent... Je me fais horreur!... Oh! toujours retomber sur soi-même, et n'entrevoir pas de recours!... Et tant d'autres, sans doute, perdus avec moi !... Par moi !... — C'est là... ah ! c'est là, oui !... la souffrance suprême !...

(Un silence).

Non !... Non ! — Tout ne peut pas finir encore !... — Je suis impuissant sur le peuple,.... par ma faute, soit ! — Je ne me battrai pas contre lui... Ce serait mourir fratricide... — Il reste quelque chose à faire... quelque chose !... Oh ! inspire-moi !...

DÉMOCLÈS

Je ne vois plus pour toi d'autre tâche que de te croiser les bras sans rancunes, et d'attendre ton sort, quel qu'il soit. Tu garderas au moins tes deux mains innocentes.

ALCÉE

Si encore on pouvait se frapper soi-même !...

DÉMOCLÈS

Honte à l'hoplite qui déserte son poste, sans la permission des chefs !...

ALCÉE

Ecoute !... Ne pars pas !... Ne pars pas !... — Reste auprès de moi !. . Commande-moi !... Je serai fort si tu es là... Nous sauverons la ville à nous deux !...

DÉMOCLÈS

C'est chimère ! — La tête et le bras doivent être sur le même corps...

ALCÉE

Eh bien... tu agiras toi seul ! — Je te donne la moitié de mes biens si tu restes...

DÉMOCLÈS

Toi ? — Jamais ! Jamais ! — Tu m'as promis de me faire partir !

ALCÉE

Songe à ce que tu refuses, — et par orgueil !

DÉMOCLÈS

Ce n'est pas seulement l'orgueil.

ALCÉE

Alors, quoi ? — Tu me caches ton âme... N'ai-je pas droit à un aveu ?...

DÉMOCLÈS

Soit. — Ce n'est pas l'orgueil qui me tient... C'est... l'amour !

ALCÉE

Tu aimes ?

DÉMOCLÈS

Une des vôtres. — Elle est entrée en moi comme le clair de lune dans les bois sombres... Je veux la fuir !...

ALCÉE

Mais... si tu acceptais mon offre... tu pourrais, au contraire...

DÉMOCLÈS

Non ! — Non ! — Non ! — Moins que jamais !

ALCÉE

Moins que jamais !... C'est donc !.. Ce n'est pas ?.....

DÉMOCLÈS

Eh bien, oui ! — C'est Timandra !

ALCÉE

Ha !...

(Il s'appuie contre une colonne, en voilant
son visage de son manteau).

DÉMOCLÈS

Tu vois bien qu'il me faut partir... Nous voici

tous les deux haletants, à son seul nom... Nous ne sommes pas plus heureux l'un que l'autre... Je le savais... Je le savais bien !... — Toi, tu sais ce qu'il te reste à faire. Souviens-toi !

(Il descend lentement les marches.)

ALCÉE

(Se dévoilant. A lui-même).

Il l'aime !... il va mourir... comme moi... — Tous les deux ?... C'est impossible !... Ce n'est pas..., lui... qui doit mourir !... — Oh !... Oh !... je vois !... je vois !... je vois !... — J'ai trouvé !... J'ai trouvé, enfin !... — O Dieu, Dieu inconnu, donne-moi ta force !... J'ai peur de moi !...

(Il se penche vers le dehors où vient
de disparaître Démoclès).

Sois tranquille, Démoclès! Je me souviendrai de toi !

DÉMOCLÈS

(Du dehors).

Béni sois-tu !... Adieu !...

ALCÉE

(Il marche le long de la salle, par deux fois, et
revient s'accouder contre une colonne).

Le jour va naître... Il est aveugle encore... Son

front mystérieux s'élève des eaux... Son front...
Il est cerclé là-bas d'une grande couronne san-
glante, comme celui d'uu dieu souffrant... — De
grands vents passent et repassent sur la mer... Oh !
comme ils la rident !... On dirait des yeux qu'un
baiser pâlit... — Le jour gagne les côtes... Voici
luire les bois d'Ithylène, les contours du golfe,
les maisons... Les choses surgissent d'un rêve...
C'est l'éveil du monde, quand la lumière fut... —
Oh ! la Ville tressaille et murmure, sous son manteau blanc !... On ouvre les portes des temples...
Je vois des femmes sur le port, et des formes au
loin, dans les rues... Est-ce que chacune d'elles
souffre, d'un rêve sous son front, comme moi ?...
Il serait beau de parler ensemble. . de prier ensemble, au soleil levant !... Tout mon cœur se fond
à ces images d'hommes... Elles m'apparaissent
tout à coup redoutables et précieuses... Je ne m'en
souciais pas, jadis... — Comme la vie sera belle,
aujourd'hui !... — C'est pourtant là, c'est devant
ces choses que j'ai vécu jusqu'à ce jour... Ai-je
vécu avant ce jour ?... Oui... Je revois sur toutes
ces places les Adolescents fraternels qui furent
moi... Frêles ombres aux larmes légères... Elles

n'ont pas su leurs bonheurs !... — Qu'une âme de vingt ans est déjà riche, de profond passé !... Il me semble que jusqu'à ce soir je pourrais rester là debout, à secouer l'un après l'autre les vieux arbres du souvenir !... Quelques heures, pourtant, pèsent toute une mémoire... Le temps n'est rien... marécage perdu dans les sables, ou grand fleuve roulant à pleins bords... selon que sommeille ou s'émeut l'esprit !... — (Un silence.) Est-ce que je me souviendrai de ces choses, quand je n'y serai plus ?... Le mirage coloré de la vie nous suit-il au delà ?... Hélas ! Elles m'oublieront, elles, à peine j'aurai disparu !... — Que dis-je ?... N'est-ce là des mots vides ?... Je ne sais pas... je ne sais plus !... — Ah ! j'essaie en vain de me fuir moi-même !... J'entends, j'entends là dans mon âme les cris d'un blessé qui se débat !... J'entends dans mon âme une grande foule qui murmure... Personne ne peut rien pour mon aide !... Je suis seul, seul, seul contre moi !... Seul !... — Qu'une âme a de peine à s'arracher !... (Un silence. Il se penche tout à coup pour écouter au loin, et se redresse avec un ge t joie.) — Ces voix... je les ai déjà entendues... Hier au soir... oui, hier au soir !... Ce sont les matelots qui chantent... bienheureux, qui s'en vont partir !... Ils m'auront sonné l'heure !.. — Merci !... Merci !... (Un silence.) — Comme je suis soudainement calme !... — Eh bien !... Ce qui sera, sera !..

SCÈNE V

ALCÉE, PHÉDIME. — Puis un MENDIANT.

PHÉDIME

Maitre...

ALCÉE
(Se retournant).

Qu'y a-t-il ?...

PHÉDIME

Les Héliastes vont arriver.

ALCÉE

Tu as raison. — Prépare les sièges. Fais promptement.

LE MENDIANT
(Du dehors).

Aie pitié de moi, noble Alcée !...

ALCÉE

Qui es-tu ?

LE MENDIANT

Un vieillard malheureux. J'avais naguère une maison et un petit jardin... La misère m'a tout pris.

ALCÉE

Comment vis-tu ?...

LE MENDIANT

Tu vois... Je frappe de porte en porte, pour recueillir quelque obole... juste assez pour ne pas mourir...

ALCÉE

Pauvre hère !... — Voici pour toi...

(Il descend une marche, et lui donne une obole).

LE MENDIANT

Je te rends grâces, noble Maître... Te plait-il écouter quelque chant des rhapsodes ?

ALCÉE

Je veux bien... Dis toujours.

LE MENDIANT
(Déclamant).

Quand le noble Hector vit que l'heure était

proche, il prit son bouclier et ceignit son glaive.
Andromaque aux cheveux légers l'accompagna
sur les remparts. Elle portait dans ses bras le fils
d'Hector... Tous deux ils regardèrent un moment
la mer et la plaine, et les tentes des Grecs, où
celle du grand Achille se reconnaissait à sa hau-
teur. — Le Héros tout à coup se pencha sur Astya-
nax, et lui baisa la face. Et le petit enfant s'émer-
veillait avec des rires des plumes qui brillaient sur
le casque de son père. — Le noble Hector baisa aussi
le front de la divine Andromaque, et s'éloigna... »

ALCÉE

C'est assez... Merci... Tiens, voici encore pour ta
peine...

(Il lui jette une seconde obole).

LE MENDIANT

O le plus généreux des hommes !... Les dieux
t'accordent une longue vie !...

ALCÉE

Adieu, vieillard.

(Sort le Mendiant. Phédime rentre).

PHÉDIME

Voici les Héliastes.

(Les Héliastes entrent deux par deux, Agis en tête, et s'inclinent silencieusement devant Alcée. Tous prennent place).

AGIS

(Se levant.)

Héliastes, — avant toutes choses, il sied, je crois, de nommer le chef des vaisseaux que nous envoyons à la flotte. C'est un poste dont l'honneur peut bien être mortel. D'entre ceux qui le briguent, Démoclès, que nous croyions mort, heureusement reparu, semble être le plus digne. J'accepte Démoclès, si nul d'entre vous ne propose un choix meilleur ?...

PLUSIEURS VOIX

Non !... Non !...

AGIS

Qu'il parte donc ! Il est choisi. — Des questions plus graves nous invitent, dont je ne sais trop ce qu'il faut penser... Je ne sais quoi de nouveau murmure dans la Ville... Vous l'avez entendu sans doute aussi... — Tous les temples sont en émoi.

Les prêtres annoncent de grands troubles qui menacent... Surtout Ventidius, ce devin étranger, va
semant l'inquiétude... Les paroles de cet homme,
dit-on, sont comme les coups de vent qui ré-
veillent l'avalanche... Je l'ai vu, mais sans fruit...
« Prends garde !... » m'a-t-il dit seulement, et s'en
est allé...

UN HÉLIASTE

Il m'a dit la même chose...

AUTRE

J'ai trouvé sur mon seuil des tablettes, où des
mots de violence et de haine étaient écrits...

AUTRE

Un loup est descendu des gorges jusqu'en mon
jardin. Il n'a pas fui devant les esclaves. Il a fallu
le tuer.

AUTRE

Mes murènes sont mortes de faim !...

AUTRE

(Se levant avec animation).

Et sachez-le !... l'incendie du bois sacré... il
vient de main d'homme, j'en suis sûr !...

DIVERS

C'est pourtant vrai... Des prodiges se passent...
Il faudrait savoir...

AGIS

Nous ne savons pas!... Je crains que nous n'ap-
prenions, bien vite!... — Je m'aperçois depuis
longtemps, quand je vais par les rues, que les
choses ne sont pas les mêmes... La vieillesse est
chagrine... Je ne connais plus la Ville, depuis
longtemps... Nos fils au moins devraient nous
prêter leurs yeux jeunes... Mais nos Fils ne se
prennent à rien... — Je crains que nous ne fer-
mions pas en paix nos paupières qui s'alourdis-
sent... La Vieillesse est comme la nuit... Les choses s'y changent en spectres...

UN HÉLIASTE

Il faudrait faire quelque chose...

AGIS

Certes!... Quel parti prendre?...

VOIX

Il faudrait purifier les temples!... — Faire un

sacrifice aux dieux !... — Attendre encore !...

ALCÉE

Je demande à parler.

AGIS

Alcée?... Parle, nous t'écoutons.

(Il se rassied).

ALCÉE

(Se levant)

Agis, et vous, lumières de Céos,... mes aînés... je ne devrais pas parler le premier... Vous me pardonnerez tout à l'heure... Je ne m'attarde pas aux excuses... Je voudrais épargner les paroles... Je m'offre à vous le front nu...

Les lois de nos Pères très sages défendent de se donner la mort... Elles flétrissent le cœur infidèle qui dispose pour le détruire du trésor qu'il n'a pas acquis... L'opprobre est juste. — Je sais l'indignité du convive mauvais qui quitterait la table sans souci du trouble jeté dans le repas... Je sais que la Cité le répute anathème... je me soumets à l'ordre. — Mais vous pouvez accorder à un des hôtes, s'il en a des raisons assez fortes, le droit de se lever, et de partir... Je viens vous demander, au nom des lois, la permission de mourir...

(Gestes de surprise des Héliastes. Un silence).

Pourquoi vous regardez-vous ainsi... et faites-vous ces gestes ?... Ce n'est pas ce que vous pensez... Je ne suis pas un insensé... Regardez-moi !... Je n'ai jamais eu autant de lumière dans l'âme... J'ai en moi le soleil du matin !...

Je sais bien... je sais bien !... J'ai dédaigné la vie... Je peux le dire, maintenant que je viens le payer... Ce n'est plus un enfant qui vous parle... Je l'étais encore, hier soir... Mais j'ai eu le temps, cette nuit seule, et de renaître, et de mourir !...

... Je dois mourir avant un an... Les dieux déjà m'ont condamné... Ventidius, le devin funèbre, me l'a prédit... — Je ne comprenais pas, d'abord... J'ai compris... j'ai compris bientôt... en entendant soudain s'éveiller en moi tout le chœur des joies... que j'avais bannies, sacrilège !... — Mais Ventidius n'avait pas tout dit... Voici le reste...

Vos présages ne vous trompent pas... Un grand péril menace la ville... Le peuple, cette foule inconnue sous nos pieds,... le peuple nous hait, et ne veut plus de nous... Des révoltes sont préparées... Nos mercenaires ne tiendront pas... Vous savez le reste... — Que deviendront ces murs, nos jardins, les dieux du foyer?... et nous-mêmes?... Je connais mon sort... Si j'étais le seul menacé!...

VOIX DIVERSES

Qui t'a dit ces choses?... Nomme-le!... Parle!...

ALCÉE

Celui qui m'a dit ces choses, c'est Démoclès... Démoclès, oui! dont vous disposez à la hâte, pour une vaine expédition... Il a vécu parmi le peuple... Je l'ai vu cette nuit... S'il veut être chef des vaisseaux qui partent, c'est pour fuir le déshonneur public... Il est digne de foi, je l'atteste, — et quelle garantie plus forte?... — Mais vous sentez bien qu'il dit vrai...

(Un silence. — Consternation générale.)

... Vous voyez tous... L'heure est fatale... Ni vous, ni moi, nous ne pouvons rien par nous-mêmes....... Il faut acheter le salut... C'est à moi que l'honneur en incombe,...... qui devais prévenir le danger... — Si j'étais digne de ma place, je vous demanderais le gouvernement de la ville, et vous me le confieriez... Comprenez-vous, enfin, ce que je vous réclame ?...

VOIX

Parle !... Parle !...

ALCÉE

Je demande à mourir. Si je meurs, je lègue tous mes biens et mon rang à Démoclès... Il saura conjurer l'orage pressant... — Je lui laisse bien plus encore... celle qu'il aime, et dont je suis aimé... Timandra !... — L'augure la destine au premier de la ville... Mon vœu fera qu'elle se soumette... — Quelle vous soit le gage divin de la victoire !...

(Un silence.)

AGIS

O jeune homme, ton sang parle en toi... Mais nous tous, pouvons-nous permettre ?...

PLUSIEURS VOIX

Non !... Non !... Cela est sans exemple... Craignons le sacrilège !...

AGIS

Les lois exigent plus qu'une volonté noble... Il faut à la mort une cause juste...

ALCÉE

N'est-ce pas une cause juste que d'assurer une vie féconde au prix d'une autre qui ne peut servir ? Les lois accordent la mort libre au criminel qui se dénonce... Je m'accuse d'avoir méconnu mes premiers devoirs, et compromis la cité !... Ces choses, j'aurais dû les connaître, et me tenir prêt... Je suis né trop riche et trop triste... La sentence des dieux est la juste... Laissez-moi !

UN HÉLIASTE

Nous ne voulons pas te perdre, pour nous garder !

ALCÉE

Vous n'avez pas le droit de ne pas vouloir ! — Il faut que vous viviez, pour aider Démoclès, et sauver Céos !... — C'est la pitié qui vous tient encore, et vous fait hésiter... Vous n'avez pas le droit d'avoir pitié !... (Un silence). Mais encore... s'il faut des paroles... dire tout haut,... devant

tant de visages... ce qu'on ne se dit qu'à voix basse... eh bien !... soit ! — Ecoutez, écoutez-moi !...
— Vous voyez bien... vous voyez bien qu'une telle vie m'est torture !... Je suis comme un vieillard aveugle qui soudain verrait... exilé, parmi trop de biens, dont je ne peux plus jouir !... Cette vie, si elle n'était qu'odieuse, je ne vous demanderais pourtant pas de m'en délivrer... J'attendrais en silence l'arrêt des dieux... Je n'invoque pas ma jeunesse morte,... ces sites, désormais lugubres,... le supplice du pur sourire dont je suis à jamais sevré !... Je m'attache à la raison même de vivre qu'ont les hommes inquiets, partout épars... Vous êtes des hommes, et vous m'entendrez !... — Songez à ce qui vous redresse, exaltés et debout, quand vous vous retournez, déjà vieux, vers les longues années !... Songez à ce qu'on gravera sur vos urnes,... à l'œuvre, humble ou grande, de vos pensées ou de vos mains !... Votre œuvre ! Vous l'avez accomplie, vous tous !... Vous avez vaillamment guerroyé et peiné au hasard des jours... Vous pouvez, désormais, vous asseoir à l'ombre antique des érables, et regarder en paix s'ébattre les tuniques blanches de vos fils... Ce rêve calme

m'est interdit !... Je suis seul, survivant d'ombres
graves, et je n'ai rien fait, et je ne peux rien !...
La vie ne m'est plus qu'un cachot où je heurte ma
téte à des murs !... Il ne me reste plus qu'un seul
espoir : la Mort !.. — La Mort !... Ah ! je la veux et
je l'appelle, comme l'éphèbe son amante, comme
la mère le fruit qu'elle porte, comme le soldat la
bataille, comme le matelot l'océan !... Je la veux,
pour avoir vécu... Vous ne pouvez pas m'écar-
ter !... — Au nom des lois, au nom des Pouvoirs
invisibles, au nom de cette ville encore heureuse,
au nom de vos épouses et de vos enfants, au nom
de votre vie entière, je vous en somme tous, en-
tendez-moi !...

(Un silence).

J'ai dit... J'ai dit tout ce que je pouvais dire...
Faites maintenant ce que vous devez... Je ne connais pas les formules d'usage... Je vous demande,
pour la seconde fois, de me laisser mourir...

(Il se rassied.)

AGIS

(Se levant.)

Alcée... ta requête est si étrange... et les cir-
constances si graves... Le Conseil va délibérer.

ALCÉE

Faites comme il sied... Songez seulement... que l'Esprit qui veille dans l'éther a les yeux sur vous !

(Tous les Héliastes se lèvent et se rassemblent à la droite de la salle. Ils parlent à voix basse. Alcée va s'accouder contre une colonne, et regarde au dehors. — Après un moment, les Héliastes se séparent de nouveau, et reprennent leurs places.)

AGIS

(debout.)

Avant de dire la sentence, dont l'effet, par la loi, est immédiat, je voudrais te parler, mon Fils... mon Fils, car j'ai connu ton Père, et même j'étais son aîné... — Es-tu sûr que ton cœur soit préparé ?

ALCÉE

J'en suis sûr... Epargne ta peine, bon Agis.

AGIS

Il n'est pas selon la nature que, si jeune, tu meures... Je l'avoue, mon cœur saigne, hésitant...

ALCÉE

Est-il mieux selon la nature de vivre inutile ? — Je l'ai fait. Laisse agir le Destin.

AGIS

Ne veux-tu voir au moins quelques amis,..... des proches ?...

ALCÉE

Non ! Non !... — Pas cela !

AGIS

Prends garde d'avoir l'âme dure...

ALCÉE

Je n'ai pas l'âme dure... D'autres le savent, qui m'ont vu pleurer... Maintenant cela est fini, — fini, même cela ! — Je n'ai pas l'âme dure... je la mets tout entière à mourir... Il faut bien qu'elle déborde, quelque part.

AGIS

Tu as beaucoup souffert...

ALCÉE

Une nuit d'agonie ne balance pas des années vides... J'ai besoin de toute ma force. Pourquoi donc veux-tu m'attrister ?

AGIS

J'ai fait ce que j'ai pu... Sois satisfait. Quoique

la mort volontaire soit tenue pour crime, nous reconnaissons la tienne acceptable. La Ville agrée ton sacrifice. Le Conseil te permet de mourir.

ALCÉE

J'ai vaincu!... Sois béni, Ventidius!... — Je vous remercie tous... — Phédime, va chercher la coupe, et le poison consacré.

(Phédime sort. Alcée fait deux pas vers le seuil).

Soleil! blanc Messager qui, radieux, te lèves, sur les forêts et sur les mers, sur les vivants et sur les morts, — et, matin après soir, poursuis ta course, ainsi qu'un coureur diligent !... Soleil, par qui le Monde informe chaque jour redevient magnifique, comme un naufragé au visage ver- dâtre et pâli devant un foyer se ranime, à nou- veau coloré par le sang vermeil !.,. Soleil, que jamais plus, sans doute, je ne dois voir naître et déchoir sur ces temples et sur ces flots... Salut à toi, soleil ! — Je crie vers toi !... — Enseigne-moi la mort sereine et toute baignée de splendeur ! Fais que les hommes soucieux ne rongent plus sans fin leur âme, mais vivent légers et sublimes, à ton exemple, et sous ta loi... — Reçois mon pur soupir vers ta beauté, soleil !...

(Il se retourne vers les Héliastes).

Pour vous, amis qui m'entourez, écoutez mes dernières paroles, et redites-les aux absents : qu'il n'y ait pas à mes funérailles de pleureuses aux cheveux épars ; qu'il n'y ait pas de phrases vaines entre la bonne terre et moi. Vienne la Mort silencieuse ! J'accepte et je bénis l'amie virile qui m'a dévoilé la douce vie, et a fait tomber de mes épaules le manteau de lourde torpeur où j'aurais dormi tout mon âge. — Je déplore et je renie les heures coupables où j'oubliai le monde et moi-même... Je voudrais les arracher de ma vie, et les jeter loin, comme je fais ce vain collier, dont j'ornai mon corps !

(Il arrache son collier et le brise sur les dalles).

Vous cependant acquittez ma jeunesse, si parfois je vous ai offensés. Adieu !

TOUS

(Debout et le bras tendu vers lui).

Adieu !

PHÉDIME

Maître, voici la coupe.

ALCÉE

C'est bien, verse !... — Ne soyez pas tristes... je
voudrais vous quitter sans tristesse... — Voyez...
je suis calme... je suis très calme... C'est une
chose très simple que la Mort... Toi, noble Agis,
veille sur mes restes, et accomplis mes volontés...
Redis à Timandra qu'elle soit consolée... Son
image divine est une douceur dernière sur mes
lèvres, et dans mes yeux !...

AGIS

Ce sera fait, cher Alcée...

ALCÉE

(Prenant la coupe).

Je bois cette coupe à Céos ! (Il boit). Phédime,
prends-la... Adieu, vous tous !... — Si les petits
du peuple veulent voir mon corps, laissez-les en-
trer. . (Il chancelle. Phédime le soutient). C'est toi, bon
Phédime .. Prends cet anneau, et qu'il t'affran-
chisse ..

6

PHÉDIME

Mon maître !... Oh ! mon bon maître !...

ALCÉE

Ne gémis pas... Soutiens-moi... Aide-moi à
m'étendre... C'est cela. . Que de fois tu as fait
cette besogne quand j'étais enfant !... Et maintenant, tu ne la feras plus... Etends ce voile sur mes
pieds... C'est bien... tout est très bien... Merci !...
(Un silence. Il se redresse soudain, avec un geste égaré).
Le soleil !... le soleil !... Ah ! voyez !... il tombe !..
Il va rouler au fond de la mer !... Sauvez-le !...
Tendez toutes vos mains !... A vous !... A vous !...

(Il meurt. Les Héliastes défilent devant lui, et s'inclinent.
en voilant leur visage de leur manteau... Phédime réste
seul, à genoux.)

FIN

ACHEVÉ D'IMPRIMER

LE 20 FÉVRIER 1894

Sur les presses de

BUSSIÈRE FRÈRES

Saint-Amand (Cher)

POUR LA

LIBRAIRIE DE L'ART INDÉPENDANT

11, RUE DE LA CHAUSSÉE-D'ANTIN, 11

PARIS